‖ 시인의 마을 시인선 42 ‖

흙

배영화 저

도서출판 한글

ULSAN CULTURE & TOURISM FOUNDATION

본 도서는 울산문화관광재단 2024년 예술인 창작
장려금 지원사업으로 지원을 받아 발간되었습니다

시인의 말

평생 옹기 사랑에 빠져 옹기장이로 산 날, 그 길목에서 나를 잠시 돌아보며 쓰고 싶었던 글, 간절한 마음을 펼쳐 보련다.

육체노동에 길든 내게 글쓰기란 영육을 쥐어짜는 정신노동이다. 시를 잡으려 하면 더 멀리 달아나는 듯해서다. 옹기는 촉감으로 느끼며 그 존재를 볼 수 있어 행복했지만 이제는 색다른 희망이 되어준 시 쓰기에 더 다가서고 싶다.

설레는 마음으로 고뇌했던 일흔다섯 편을 세상에 내보낸다. 무딘 솜씨로 마음을 담았으나 알몸처럼 부끄럽고 두렵다.
그래도
'아, 나도 할 수 있다!' 감탄사 한 줄이 나를 행복하게 한다.

첫 번째 독자 아내에게 감사와 어설픈 노산에 격려를 기대하며, 도예 반세기 달항아리 굽고 묻힌 기를 꺼내어 시를 빚으련다.

2024년 참 좋은 가을날
영산 배영화 쓰다.

목 차

1부
달항아리

달항아리

흙을 깊고 다듬어 달을 담았습니다
곡선의 몸태 안에
별빛 달빛 다 받아
담고 비웠던 세월이
불룩한 배를 내밀고 숨 고르기 합니다

우리 흙 신토불이가
왕조의 자기(磁器)에도 들지 못하고
일회용에 밀린 뒷방 늙은이가 된 세월이
서럽도록 아픕니다

오늘
그 세월 버무려 김칫독을 만듭니다
달항아리가 낳은 김치
세계인 음식이 되고
엄지척이 되라고

불룩한 배를 내밀고 숨 고르기 합니다

'와! 와! 엄지척이다'
다시 꿈이 자라고
보름달로 뜬 달항아리 동쪽이 환~ 합니다

옹기마을 사람들

잠 깨어 문을 열면
시집가길 기다리는 옹기들

종대로 횡대로 정렬해 있는
너희들은
사랑하는 자식이다
그 아침은 바람이 달달하고
매미 소리 새 소리도 노래가 되지

아침 햇살에 빛나는 열병식
이슬방울 입고 있는 너희를
안개가 닦아주고
바람이 말려주고
우리는 이렇게 살아 왔구나

오늘은

옹기마을 사람들 걸음걸이가 가볍다
가슴으로 낳은 항아리들 시집가는 날이라고
아침 햇살도 윤슬로 축하한다

옹부(甕夫)의 봄

겨우내 얼었던 가마에
새해 첫 불을 지핀다
따닥따닥 장작 비명 소리는
경쾌한 멜로디가 된다

옹부의 소망이 쌓이면
올해도 풍작일 텐데
겨우내 목말랐던 불꽃
기어이 저 불 속에서
견뎌낸 자식들을 기다려도 좋으리

흙은 죽지 않는 생명
깨어지면 제자리로 돌아가고
인내하고 가꾸면
음식 담아 생을 지켜 준다

오늘
옹부의 눈물에 답하듯
팝콘 같은 봄눈이 내린다
복을 안고 내린다

흙에게

오늘 아침 숱한 무늬를 읽는다
거칠고 깡마른 너를 다듬기 수십 년
함께 산 세월 여기까지 왔구나
너는 나의 살붙이다

우리 푸른 봄날
옹기란 이름으로 전국을 누비기도
먼 나라에서 자랑도 되었구나
그때 어깨 으쓱하며 내일이 환했었지

너는 내 발꿈치에
수없이 밟히고 두들겨 맞아도
아무 말 없이 순응했었지
이제 생각해 보니 정말 고마웠구나

내 너를 사랑할 날이 얼마 될지 모르지만

그날까지 너를 사랑하리
이제 우리는 설명이 필요 없지
눈빛만 보아도 속마음 다 아는 걸

오늘도 너에게 환하게 다가가고 싶구나
우리 햇살 한 줌에도 감격했던 그때만 기억하자
그러면 나도 남은 세월 잘 견뎌낼 것 같구나
그동안 정말 고마웠어
그리고 사랑해

외고산 옹기골에 꽃이 피었습니다

함께 살던 부모님, 형님, 동생과 멀리 떨어져서
바람 세찬 막다른 골목길을 헤맸다

고아가 아니어도 고아처럼 살았다
외고산 옹기집 아랫방에 입주를 할 때
아까시향 저 혼자 나를 반겼지

집 나온 지 이 년 여
옹기마을에 자리를 잡으니
주인 인심이 배부른 항아리를 닮았었지

넉넉하고 따사로운
옹기 빚는 도공들 소리에 발맞춰
낮이면 흙과 씨름하며 흙을 배우고
밤이면 호롱불로 책을 읽었다
청춘을 팔면서도 슬프지 않았다

비가 오면 책이 좋아 책을 껴안고
천장을 보며 희망을 꿈꾸며 뒹굴었다

이제 팔순 세월을 선물 받고
인심 좋던 옛 주인은
하늘나라로 가셨다
그 자리를 고맙게 지켜온 도공들

옹기들이 세계에 알려질 때마다
고맙고 그리운 옛 주인 허덕만 선생님
우리 후계자들은 외국에 갈 때마다
허덕만 이름을 모시고 다녔다

오늘 첫눈처럼 찾아온 분홍빛 손님
진흙에 뒹굴며

흙과 한평생을 살아온 나에게
시인으로 등단했다는 소식이 왔다
책이 좋아 남이 쓴 책만 읽었는데
이렇게 감사한 선물이

하늘이 환하고
아까시향이 참으로 달콤하다

옹기 할매

봄 햇살도 머리에 이면 무거운가 보다
시끌벅적 요란한 장터 모서리
옹기종기 걸레질로 닦아 놓고
고갯방아 찧는 할머니

옹기 팔 생각은 아예 잊은 듯
꿈속 천국 미리 다녀오시는 모양이다
할머니 대신 눈을 뜨고 있는 저 옹기들
노처녀 시집가기를 기다린다

오늘은
영감님 저녁상에 고등어 한 손 올릴 수 있을까
"옹기 사이소" 외치지도 않고
눈 감고 앉은 모습이 옹기인지 할매인지

영덕 대게

진달래 꽃술로 허기 채우던 날
우리들 눈은 빛을 잃었지
어머니는 우리를 읽으셨을까
이십 리 밖 시장에서 사 오신 대게
가난을 지운 저녁상
부자가 부럽지 않았던 그날

그믐에 살 오른 대게
단단한 껍질 속에 감춘 살을 발라 먹고
국물까지 마셔도 허전한 뱃속
대게는 사라지고 아쉬운 껍질들

오늘 달빛은 그 여름밤을 증폭시킨다
그날 어머니는
대게 다리 하나쯤 잡수셨을까

옹기와 어머니

사랑이 없으면 사그라졌을
임부의 모습으로 태어난 옹기들

이고 진 옹기장수들
"사이소 옹기 사이소 쌀 보리랑 바꾸이소"

귀 기울여 들어보면
햇빛과 바람과 숨소리까지
옹기 속에 메아리로 들어 있다
우물가 여인네들 웃음소리도 함께 있고

지금도 엄마가 보고플 땐
장독을 열어 엄마의 목소리를 듣는다
옹기 속에는 어머니가 살고
내 유년이 살고 있다

흙

겨우내 얼었던 나
찬물에 뒤집기 수차례
그 무엇이 되기 위해
견뎌내고 있습니다

장인의 발꿈치에 수없이 밟히고
도공의 손에 두들겨 맞아
거무죽죽하던 내 이미지가
때깔 날 때까지
죽고 살아나기를 수십 번

너에게 환하게 다가가
아침 햇살 한 줌에 감격할 날을 기다리며
오늘도 죽은 듯 세월을 견뎌내고 있습니다

확독*

어머니 그날 가쁜 숨이 느려지더니
긴 숨 한 번 남기고 세상과 고리를 끊었다
어머니의 시간은 그렇게 가버리고

확독에 갖은 양념 갈아
우리 입맛을 살려주셨는데

세월 흔적은 그대로인데 어머니 시간은 보이지 않는다
세월 묻힌 확독만 주인을 기다리고

이제 도공 되어 확독 빚으며 생각에 잠긴다
오늘 어머니와 함께
고향을 온종일 갈고 있다
고추 마늘 양파 생강 향이 고향을 버무린다

*확독:항아리로 만들어 고추, 마늘, 양파, 생강 등을 갈아 사용하는 도구.

혼불

아스라한 새마을 노래가
외고산 옹기 마을에 자욱할 즈음
평생 갈 듯한 살붙이로 만난 인연
그예 보내고 말았네

새벽 별 잡아주며 여는 하루
함께 옹기를 빚으며
미래를 부풀리던 우리

하늘공원으로 배웅 간 오늘
혼불이 되어 가는 그대 끝내 놓지 못하고
온몸에 감은 채 옹기마을로 돌아왔지

그대가 두고 간 가마에는
먼 기억 같은 연기만 솟아올라
지지 않는 초승달이 걸렸네

남루한 마을은 우리 꿈대로

세계적 명소가 되어 하늘에 떠 있고
홀로 남은 사위어지지 않는 혼불로
도공은 가마를 굽고 있다네

* 온양 외고산 옹기마을 시작과 함께했던 친구를 보내며

할머니의 쌀독

봄날에 할머니는
고방에 쌀독을 지키신다

빈 독이 세 개가 되었다
이제 하나 남은 쌀독

앞들에 보리가 추수될 때까지
가족이 먹어질까
이삭이 올라오는 보리밭에
우리는 오래도록 눈 맞추고 있었다

너에게 그리고 나에게

견딜 수 있을 때까지 참고 견디게나
붉은 불꽃이 흰 빛을 띨 때까지

유약이 녹고 흙이 구워져
새로운 용기가 태어나는 거

편안한 행복이란 오지 않는 법
절망의 강이 깊을수록 정신은 맑은 법

생각 끝에서도 기어이 견뎌 보게나
그 어떤 고통이 떼를 지어 와도
불가마 속 용기처럼 다시 태어나 보게나

아름다움은 견뎌야 하는 거
그리고
찬란하게 익어지는 거

홍시의 가을

늦가을 새벽 옹기 가마
곱게 물든 앞산 단풍을
베개인 양 온밤을 꼬박 새운 가마 불 앞
아내가 갖고 온 커피를 마시는데
까치 한 쌍이 홍시를 맛있게 먹고 있다

우리 조상들은 봄철에 씨앗을 뿌릴 때
셋을 뿌렸단다

하나는 하늘의 새를
하나는 땅의 벌레를
나머지 하나는 사람을 위해

오늘 우리
이기주의가 팽배한 세상에
공존의 소중함을 생각해 본다

어머니 교훈

흰 버선 십자수 베개 만들어 가본 적도 없는 마을
부끄럼 접어 팔으셨다지

가난한 농가 종부로 시집오셔서
흙이랑 깊이 파고 호미에 정 담아
다섯 자식 배 채워서 잘도 키우셨네

남편 잃고 전쟁통 포성을 이겨낸 여인
뒷밭 꿩 울음소리에 놀란 가슴 밭에 두고
온 산의 정적을 한가득 품으셨다지

인정 많은 오일마을에서
오 남매 짝지어 손자 손주 효도 받으며
구십 평생을 조용히 잘 살으셨네

2부
하얀 철쭉

하얀 철쭉

마을 앞 봄 언덕에
활짝 핀 하얀 철쭉

새벽 불꽃인 양 꽃구름인 양
화사한 봄 향연이다

녹색 물결에 밀려 멀어져 가고
울적한 마음 달랠 길 없어
흐릿한 새벽안개에 미소 감추고 있는 너

하얀 소복 차림에 고운 자태로
서성이고 있는 너
가신 님 그리고 있구나

은행나무 이야기

아랫집에서 은행을 털고 있다
작은 자루 하나 들고 가서
조금 얻자 하니 거절하였다

집에 오신 할아버지
"내가 이렇게 인심을 잃었나"
겨울 가고 봄 오자
꽃 피기 전에 우리 집 은행나무 잘라 버렸다

약에 쓴다는 데 얻지 못한 자존심
그날 할아버지, 은행나무 자른 게 아니고
자존심을 자르셨다
은행 '은'자도 들먹이지 말라 하시며

남기고 싶은 말

어느 날 일상의 짐 다 내려놓고
한 줌 가루로 남을 인생

산다는 건 짧고도 긴 여행 이었네

아름다운 여행을 소망하지만
슬프고도 아픈 여행이었어도
뒤돌아보니 지우고 싶지 않은 추억이 되네

짧고도 긴 추억 여행
내가 남길 말은

'고맙습니다,
당신 덕분에 지구 여행 잘하고 갑니다'

폐선

바람도 구름도 스치지 않는
세월의 흔적조차 잊혀져 가는

마을 앞 텅 빈 선로는
낙엽에 쌓여 추억만 잉태하고
옷깃을 여민 바람도 발길을 멈춘다

퇴색되어 버린 철도 레일
들국화도 손사래 치고
돌아갈 수 없는 추억만 가득하다

잊혀진다는 건
산 넘어가는 구름 같은 거

본향

성경은 우리에게 일러 준다
너희의 고향은 흙이라고
너희는 흙이니
흙에서 왔다가
흙으로 돌아간다 하셨다

인간은 나이가 들수록
꽃 나무 흙을
좋아하는 것을 볼 수 있다

나는 평생을 흙을 만지며 살았다
도공(陶工)의 직업으로
밟고 두드리며
온갖 모양의 그릇을 빚어냈다

이제 육신의 고향이 가까움을

본능적으로 알아가기에
흙을 만지면서 생각에 잠긴다

며칠 후일지 알 수 없지만
한 줌의 가루가 되어
흙에 뿌려져 영원한 본향으로
내 영혼 천사의 영접을……

아!

호박꽃에게

나는 알고 있다 꽃이면서도
단 한 번도 꽃밭에 심어지지 못한 설움
네온사인 불빛을 받아보지 못한 아쉬움
그래도 벌들은 너를 무지 좋아한단다

오늘은 더 해맑게 웃어보게나
웃음이 크면 열매도 크다지

서러워하지 마라 내가 너를 바라보며 기다리며
풍만한 박을 전시해 주리라

이 팍팍한 세상에
맏며느리 닮은 너의 넉넉함을
좋아하는 사람들이 참 많단다
모든 텃밭이 너의 집인 걸 잊지 말게나

환상

태양이 바다를 비추면
갈릴리 바다의 예수님을 생각나게 한다

희미한 달빛이 연못에 떠 있으면
주님을 생각하고

새벽길 위에 안개가 자욱하면
주님이 보인다

깊은 밤 좁은 오솔길에
나그네 지나가면
그가 주님으로 보이기도

가을

푸른 잎새에 가을 오면
세월은 계절을 데리고
소리 없이 길을 떠나고

낙엽을 떨구던 가지는
다시 피어날 희망을 약속하고
한 번 가면 돌아올 수 없는 우리
아쉬운 호들갑을 떤다

이 가을
인생의 황혼길에 참 예쁜 단풍 되어
그 사람의 꽃인 양 간직되기를
미안하게 희망해 보는데
아, 먼 당신이다

작천정 벚꽃

겨울 견딘 가시네들
봄을 가지고 왔다
하얗게 흐드러지게
그녀들 눈부셔 바로 쳐다볼 수가 없다
나만
그 아래 축복처럼 서 있을 뿐

하얀 꽃구름 잠시 멈춰 나를 본다
꽃잎 초대장 흩날린다

초대받을 날을 헤아려 본다
내년 또 후년 그리고 또
벚꽃처럼 환하게 웃어 보았다

정월 대보름

달집을 지어놓고 달맞이를 하고
소원을 빈다
우리 내일이 만월처럼 가득 차기를

내가 빚은 달항아리
온화한 달을 품기를
따사로운 해를 품기를
동트는 새벽이 날마다 아름답기를

새날 아침

한 해를 보내는 일 초의 경계
수많은 기와집 짓고 접힌 상념에
갈대처럼 흔들리는 이 아침

시작과 끝이 어딘지는 모르지만
쳇바퀴 돌리던 하루들

새벽을 견뎌온 여명으로 하루를 허락받고
내일을 약속하고 우리 기다림은
희망의 등불이 되고
삼백육십오일
그 무엇을 다짐하고
오늘 아침
또 애틋한 그 무엇을 다짐한다

새해 첫눈 추억

옷소매에 스며드는 차가운 감촉
아랫목을 파고들었지

백설기 닮은 눈 새벽을 지우고
포근하고 넉넉했던 그날 아침

때때옷 입고
집안 어른 찾아 세배 나서고
하늘에는 연이 날고
마당에는 팽이가 돌고
까치 소리 정답고
햇살이 눈부시었지

오늘도 새해 첫눈
그날을 자꾸 물어 나르는데
아! 가고 싶어라

그믐달

아침 일찍 일어나 커피를 마시며
창밖을 보다가 딱 마주쳤다

나를 지켜보며
꼬박 밤을 새운 저 달

사랑은 아마 이런 것이리라
말없이 지켜보며 기쁨이 되는 거

왠지 오늘은
좋은 일만 있을 듯싶다

만나는 모든 이에게 그믐달이 살려낸
따스한 새벽이 전해질 것 같아서다

기다림

파도는 대왕암을 수만 번 두드려
문을 열라 하지만
바위는 아무 대답이 없으니
내일도 두드려 보겠지

고승은 십 년을 넘게 묵언하며
목탁을 두들겨 득음을 얻을까 했는데
수백 번 두드려 얻은 것이
'산은 산이요 물은 물이요'라는 득음을 하고
자연의 순리를 듣기 위해 정좌로 생을 마쳤다지

도공(陶工)은 진흙을 수만 번 두드려
울림의 소리로 그릇을 만들어
우리 민족만이 갖고 있는 김칫독을 만들고
그에 한식 문화를 발전시키고
세계인의 음식으로 승화시키고

내 심장은 오늘도 쉼 없이
양심을 두드리는데
기다림이 길어 지치려 한다
이 시대 선인들이여
양심이 멍들기 전에 답을 주시어요

울림으로 내 심장을 다시 살릴 수 있게

벤치의 하소연

깊은 산속 자연의 소리와
맑은 공기를 마시며 자라온 나를
누군가가 베어 자르고 깎고 다듬어
대못을 박아 마을 앞
공원에 갖다 놓았습니다

비가 오면 비를 맞고
눈이 오면 눈을 맞아
바람이 스치면
시려옵니다

아직도 만지면 아프고
작은 스침에도 놀랍니다
이제는 일어설 수도 없습니다

그래도

당신이 앉을 때는 따뜻함을 느낍니다

노숙자와 한 몸 되어 잠도 잡니다

이제 나는 당신들을 위해 있습니다

3 부
항아리 소원

항아리 소원

외고산 옹기 가마
묵은 때 다 태우고
산속 내원사에 시집왔습니다

계곡물 노래로 흐르고
햇살 입은 맑은 공기 하루를 열고
찌르레기 풀벌레와 날마다 밀회 중입니다

꿈에도 그리던 옹기종기 나의 자리
된장 간장 고추장이 배를 채우고
긴 배고픔을 벗습니다

이제 나는 날마다 즐겁습니다
긴 터널을 견뎌온 날이 이렇게 따스합니다
짭짤하게 달짝하게 세상맛을 버무려
여기 내원사 오래오래 머물고 싶습니다

모란은 지고

팔십 평생 처음 듣는 코로나19

벙어리 귀머거리로 하루를 연다

마스크 속 들숨 날숨

머리는 하얗게 비어 가고

화려했던 모란도 흐느끼는 듯

봄이 오는지 가는지 기억까지 지운다

붉은 장미는 줄 없이도 높이 올라가건만

이 시대 끝은 언제가 될지……

목화꽃 단상

저녁노을 닮아
유년을 데워준 그대

꽃 진 자리 맺힌 다래
어린 시절 달콤하게 살려내는 꽃

학교 갔다 오는 길에 친구들과
서리해서 먹었던 그 맛

개구진 입속에 아쉽게 머물던
그 달달한 맛

뙤약볕 비명처럼 내리쪼이고
비바람 사정없이 흔들어도
한결같이 반겨주던 너

그대가 내어준 포근한 솜이불
어린 살결을 어루만져주었지

달콤하고 따뜻했던 그 기억을
폭신하게 오늘을 버무려 본다

문수산 단풍에게

가슴을 태우다 붉게 멍들었나
푸른 날은 마냥 푸를 줄 알았었지
가을바람 솔솔 하니 너도 생각이 깊어졌구나

늘 청춘일 줄 알았는데
몰래 세월은 나를 데러갔네
아직도 가슴은 민망한 이팔청춘인데

그래 우리 지금이
제일 잘 익었다고
제일 멋지다고
제일 아름답다고 생각하기로 하자

백목련

하얗게 봉긋 솟아오른 꽃봉오리
동면의 긴 터널 지나 순결 서약을 지켜낸
처녀 가슴이다

순백의 존엄 앞에
세상 꽃들이 고개 떨구고
너의 정결을 흠모하지

땅에 떨어진 꽃잎마저 밟을 수 없어
하얀 명주옷을 개비듯 꽃잎 한 장 한 장 포개놓는데
너는 그 위에 서약서를 쓰고 있구나

흙이 되어도 향기를 주겠다고

우리 그래서 가을에도 그대가 그립단다

대운산 철쭉

대운산 철쭉
눈보라 치는 겨울에
알몸으로 봄을 기다리고 있다

진달래 앞서지 못해 서러운 연분홍
황홀한 축제 짧은 하루가 아쉬운 숨결이다
꽃잎 지면 찾아올 님도 없을 텐데……

내가 꿈에서라도 너를 사랑하리
그리움은 성숙을 키우니까

바람의 언어, 그리고

바람의 언어를 듣습니다
나, 가을 산을 닮았노라고

아직은 가을 문턱인 듯한데
동글동글 여문 도토리 툭툭 떨어집니다

머지않아 가을바람에 떨어질 가랑잎들
우수수 나의 삶 한 자락이 흔들립니다

떨어진 도토리들이 내년 봄을 그리듯
매일밤 꿈을 꿉니다
내년 봄 도토리 새싹이 나올 즈음
다시 바람이 나를 깨울 거라고
하여 파랗게 봄을 피울 거라고
오늘 밤 소원처럼
연두 꿈을 꾸겠습니다

낙엽의 말

너에게서 떠나 줄게
겨울 준비하는 너를 위해
물도 양식도 아껴질 것 같아서란다
그 대신 부탁이 있어
더 단단한 몸 되어 긴 겨울을 이겨내고
봄 오면 새싹 틔워 잎도 열매도
더 튼실하게 맺어야 해

오늘 아침 네가 무지 부럽다
주렁주렁 매달린 내 단풍들 다 떨어내면
잎 나고 열매 맺는 다시 봄 올까?

나,
봄 오면 추억 꽃 피우려
몸을 단단히 다듬는 중이거든

등대

어두움 밀어내고 뱃길 잡아주는 너
빛은 삶의 방향이고
노래는 더 나은 내일을 꿈꾸게 하지

만선을 기뻐하고
빈 배를 슬퍼하며
내일은 더 나아질 거라 달래고 있구나

오늘도 너는
부~웅 낯익은 노래로 살가운 빛살로
하루를 다독이고 있구나

멀리 있어도 걱정하지 말라고
어머니 마음으로 그대들 기다릴 거라고

나

가을이 산과 들에 영글면
내 곳간에도 가을이 가득하다

산과 들이 붉음 풀어 잔치마당이면
나도 울긋불긋 하늘 향해 춤사위다

어제는 꽃길 걷기를 원했었는데
가시밭길 있어 오늘이 있었네

지금 옆에 있는 사람이 오늘을 사는
인생에 최고의 동반자
남은 길 함께 가련다
그 사람이 꽃이라는 걸 이제야 안다

신라의 미소

떡 주무르듯

점토 이겨 만든 막새 얼굴

고개는 갸우뚱

눈은 웃고

입은 헤 벌리고

웃는 듯 우는 듯 뭉퉁한 그 눈매

한 자루 푸짐한 익살 부려 놓은 신라 사람들

천년의 미소라

달팽이에게서

별빛이 쏟아지는 한 여름
풋고추 몇 개 따러 갔다가
고춧대에 기어오르는 달팽이를 보았다

달팽이는 제 몸보다 큰 짐을 지고 올라가면서도
지칠 줄 모른다

짐을 내려놓지 못하고
무겁다 무겁다를 반복하는 나를
미안하게 보는 아침이다

귀 파기

시 창작 공부반에서 귀 파기 시제
오염된 소리가 너무 많이 들어 와
담아 두어야 할 말이 함께 끌려 나올 것 같아
파내지를 못하고 있다

오늘도 여의도 반려인들 짖는 소리 계속 들린다
스승께 오른쪽 귀를 불어 달라야겠다
더러운 말이 걸러 나가게

그대 그리워지면

개나리 노란 입술 벌려 봄빛 풀면
나, 기찻길 언덕에 한참을 서 있다오
네가 그곳에 있는 것 같아

너는 알 것 같아
오늘도 난 또 이러고 있단다

이렇게 서성이는 건
내 안에 네가 있어서란다
잊혀지지 않는 잊힐 수 없는

가지산 가을

영남 알프스 가지산
단풍이 노을이다

억새도 사랑을 하는가
안긴 모습이 정답다

나는 그리움 실은 편지
낙엽에 쓴다

내 가슴도 노을빛이다

4 부
하얀 칼라

하얀 칼라

아까시 만발한 기차 굴 언덕 왁자지껄 수만 마리 벌
바람 따라 어디론가 날아가려고 대기중이었지

무슨 말을 해도 웃는 얼굴로 대답했던 너
하루라도 못 보면 안달이 났었지
하얀 칼라 다려입은 백합꽃 송이송이
단발머리에 책가방 어제 같은데

얼굴에는 사양하고 픈 훈장
머리에는 억새꽃 피어나고
평생 그리던 그 백합들 세월 흔적
내 깊은 곳 꽃으로 피고
고마운 주마등이 되고 있구나
오늘은 잘들 있는지
'무소식이 희소식'이 말을 믿을 게
그래도 연두빛 사연은 간직하고 있을거다

비서라 부릅니다.

호칭을 몰라서도 아니고
부를 줄 몰라서도 아닌데
마주하고 있으면 비서 같다는 생각이 든다

올라앉는 순간
그대 버거운 삶에 내 삶을 보태는 것 같아
늘 미안하지

오늘도 그대와 함께
천리 밖을 다녀와야 하구나

밤이 되면 무심히 가버린 나를
다소곳이 기다리니
나의 충직한 비서임이 틀림없네

아까시를 보며

별인 양 반짝이며 아까시 피는 언덕
벌통이 길게 놓였다

꿀 향 언덕 가득 피어내면
벌들은 들락날락 하루가 바쁘다

옹기굴 언덕에 올라 앉아
하얀 아까시꽃을 보니
큰딸 시집가는 날 하얀 드레스 입고
주례 목사님 앞에 선 모습이 떠 오른다

그날 예식장 단상에 선 큰딸
아까시꽃처럼 눈부시게 피고 있었지

딸이 본 우리집 목욕탕

우리 집 목욕탕은
엄마 아빠 오빠와 같이 들어가
안고 뒹굴며 때를 벗긴다

아빠 주머니 속 꼬깃꼬깃 접어둔 세종대왕
엄마가 손에 잡고 숨기려 하지만
작은 탕 속은 숨길 곳이 없다

오빠가 슬쩍 하려고 할 때
엄마가 말한다
"내가 먼저 봤어"
비상금 숨긴 아빠 시치미 뚝

세탁기가 멈추고
엄마는 뚜껑을 열고
입가에 미소를 짓는다

오늘의 다짐

이른 아침
창문을 열면 반짝이는 햇빛
살아있는 것은 모두 황홀하다

내가 살아 있는 거
두 눈이 있는 거
햇살을 볼 수 있는 거
행복하고 감사하다

익어가는 계절의 향기를 맡으며
대화를 할 수 있는 오늘이 얼마나 감사한지

오늘 하루도
최선을 다해 세상에 빛이 되어야 겠다

신불산 억새, 그날

그 정원에 홀딱 빠져 있을 때
억새꽃이 손짓을 했었다

두 손으로 만져 보고
두 눈에 담아 보고
마음 화폭에 그려 보았다

비바람 견디어 가을에 찾아온 그녀에게
한참을 취해 보았다

은빛머리 풀어 손짓하는 긴 머리 가시네들
두고 오는 길
몇 번을 돌아봤는지

아내

빈손으로 도공의 길을 시작한
나를 만난 아내의 운명은 필연이었을까

이십억 남자들 중에
부족한 나를 택해
아이를 낳아 가족이라는
울타리를 만들어
행복을 알게 해 주었고
부모님 공경하기를 성경 말씀처럼 하였으니
아내와의 만남은 축복이었습니다

아내의 헌신은 손주들로 인해
더욱 빛나고 있으니
감사로 눈부십니다

하나님은 내게 아내를 주셔서

사랑을 알게 했습니다
함부로 쓸 수 없는 말
'사랑'
아내를 위해서만 쓰겠습니다

삼분의 다짐

하루를 마감하며 나의 입술을 두드려요
하루의 피곤함이 황갈색으로
흘러나오고 있어요

새끼손톱 닮은 치약은
여러 겹의 문장이 되죠
물방울 한 알로 과녁을 향해 전진
삼분의 길이는
결코 짧다거나 길지가 않죠
치약의 미래도 그렇다는 것 아시나요

능선과 해변 따라 밀고 당기기를 반복해
거품은 무질서한 간격으로
파도를 일구기도 해요
스물여덟 개의 섬이
반짝반짝 빛나자
이 분의 끝은 황급히 안녕이란
플래카드를 흔들어요

누구나 부러워할 단 하나의 향기
양쪽 어금니에 몇 송이 향기 꽂아두고
피아노 건반의 소녀처럼
사랑은 깊고 깊어서 초록빛이 나네요

오늘도
삼분, 그 약속을 지키며
그를 사랑합니다
내일의 기쁨이 되라고

봄을 여는 기도

겨울을 건넌 아침 밥상에 올라온 쑥국
황토 빛 대지 위에 봄기운 담은 선물이다

움츠렸던 봄 기지개 펴고 일어나
활기찬 삼월 되기를
봄 오는 길에
코로나19가 훼방 놓지 않기를
하루를 열어 가는 삶이
내가 꿈꾼 그곳을 향해
죽순처럼 쑥쑥 뻗어가기를

어머니

새벽을 깨우시는 어머니 따라
흙 파고 씨 뿌리고 밭 갈고 김매면서
근면 성실을 익혔지요

'공부하기 힘들면 마당 쓸고 쇠꼴 베어 오너라'
'한 자 배우면 열 번 써야 한다'
가볍지 않은 어머니 말씀
공부 먼저 인내 실천 길렀지요

우리가 아프면 약 찾아 온 동네 뒤지고
이웃 아이 아프면 밤중에도 달려가 응급치료 해주고
참사랑 몸소 실천하셨지요

안팎으로 정직하여 온 가족 믿음 주고
헌신하며 사신 어머니
그 교훈 무량했었네요

구십 평생 참사랑으로 살다 가신 어머니
오남매가 오늘에 이르고
삼대가 그 은덕으로 살아갑니다
어머니 고맙습니다

옛날이여

뒤안길 옛 그림들 옥실거리며 뽑던 별 모양 달고나
혀를 녹이던 솜사탕 보드라운 달짝지근한 맛
소독차 연기 속을 휘저어 달려가던 그 골목길

마을 교회당 여름성경학교 밤을 지새웠던 일
아련히 피어오르는 지난날의 이름들
그때 그 노래들 비틀비틀 흥얼거려 보고

머리단장하고 옷매무새 갖추어 거울 앞에 서 본다
뱃살과 찌든 주름 세월이 켜켜이 자리를 잡았다
다림질하듯 곧게 펴 보려는데 서글픔만 증폭되고

평생 흙을 사랑하며
도공(陶工)의 길을 걸어온 한 사람
굵은 손가락이 커피 잔을 풀어 마신다

사부곡

세상 빛 본 지 칠 년 만에
우리 두고 하늘나라 가신 아버님
큰 집 장손 형과
샛별 닮은 누이와
네 살배기 어린 동생을 남겨 두고……

총알이 날아들던 6.25 한국 전쟁
인민군이 마을에 들어오기
오 일 전에 가신 아버님

인민군이 그리 무서웠으면
우리는 어떡하라고 혼자 피하셨는지요

그래도 금슬 좋아 다복한 오 남매

애틋한 어머니 사랑으로 잘 자랐답니다

하늘나라 떠나시는 그 길을
배웅 못한 우리
미안하고 보고 싶습니다

전쟁과 포성

폭탄이 터지고 건물이 불에 타고
죽은 시신들은 여기저기 널브러지고
피투성이 엄마는 아이를 부르고
아이는 축 늘어져 죽음을 맞는다

아버지 다리에 총알이 관통하고
할머니는 폭탄이 터지는 거리에서
무릎 꿇고 통곡의 기도를 한다

가자. 우크라이나. 예루살렘에서
벌어지는 목불인견*의 참상이다

하늘 저편에는 총성과 포성
울부짖음이 가득하고
이편 하늘에는
새털구름이 펼쳐져 있고

따스한 아침 햇살 아래
책을 읽고 커피를 마신다

정의와 인권과 인류애가 사라진
독선과 아만의 시대
나는 오늘 아침이 겁나게 무겁다

* 목불인견 : 눈앞에 벌어진 상황 따위를 눈 뜨고는 차마 볼 수 없음

요단으로 가는 길

다 살기 마련이란 말이 있다
세월 따라 살아오면서 황혼의 나이에 들면
뒤돌아보는 버릇이 생기는가 보다

아는 게 힘이란 말과 모르는 게 약이란 말의 의미는
다 아는 사람 없고 다 모르는 사람 없는데
나는 어디쯤 가고 있을까

요단강으로 기울어 가는 나이에
손익 계산서가 무슨 소용인가
함께해 온 사람들에게
늘 감사하며 지난날에 용서를 빌 뿐이라네

가는 길을 알고 있으니
여행을 마치고 집으로 가는 기분으로
그날을 맞아야지

형수님께 드리는 팔순 기도문

천지 만물을 창조하시고 인간을 만드셔서 만물을 다스리게 하신 하늘에 계신 아버지 하나님.

오늘 여기 모인 우리 집안 가족들에게 복을 주셔서 가정을 이루어 대대손손 정답게 살 수 있도록 베풀어 주신 하나님께 진심으로 감사드립니다. 할아버지 할머니로부터 피를 받은 우리 가족들이 오늘 정다운 모습으로 한자리에 모였습니다.

오늘은 최씨 가문에서 우리 큰집 종부로 시집오신 최분이 여사, 우리 형수님 팔순을 기념하기 위해 모였습니다.

형수님은 어린 시절 곱게 성장하여 홀 시조모 시어머님을 모시고 시동생들을 돌보며 어려운 시집살이를 묵묵히 해내셨습니다.

항상 바쁘게 일하느라 남편 사랑을 살갑게 받아볼 틈 없이 오 남매를 낳아 바쁜 나날을 보냈습니다. 그 많은 대소사를 치러내시면서 말없이 헌신해 오신 형수님께 감사 인사드립니다.

한 여인의 한 많은 삶의 흔적을 아시는 하나님 이제라도 하나님 아버지를 알게 하시고 예수님을 통해 우리가 갈 다음 세상에 슬픔도 고통도 없는 천국에 믿음 가지고 갈 수 있도록 약속하여 주시옵소서. 이 땅에 잠시 사는 동안 고통이 없도록 건강을 주시고 오늘 여기 함께한 사랑하는 가족들 모두 무병장수하게 하시어 대대손손 복을 주시기를 빕니다.

그리고 우리 모두 예수 믿어 천국에서 함께 살 수 있도록 하늘의 복을 내려주옵소서.

오늘 만찬을 통해 이 많은 음식을 주신 하나님께 감사드리며 장만하는데 수고한 손길에도 건강의 복을 주시고 먹는 우리 모두에게도 건강과 가정의 화목을 다지는 시간 되게 하소서. 우리를 천국에 인도하시기 위하여 십자가에서 대신 희생하시고 부활하신 예수님의 이름으로 기도합니다.

아 멘

5 부

곰 바닷가에서

괌 바닷가에서

파도여
뭍을 향한 질문이 그리도 많은가
하루에도 천만 번 죽고 살며 질문을 하고 있구나
이 팍팍한 세상
기쁨보다 걱정이 더 많단다

너는 죽고 살고를 반복해
오늘을 죽어 내일을 살아내는데
나, 온종일 네 비밀을 캐려 해도
갈매기 비늘만 떨어질 뿐 물음표만 더한다

　　내 한 삶도
　　한순간에 지나가는 거
　　먼 이국 바닷가에서
　　진중히 나를 본다

평생을 벼루어 간
아내와의 팔순기념 여행지에서
내가 잠깐 철들고 있다

개망초에게

여름을 하얗게 피웠는데
아무도 눈길 주지 않네요

매연 마시고 있는 것도 서러운데
망조를 부르는 꽃이라니요

개망초 당신에게 이릅니다
마음이 슬퍼질 때 그냥 울어 버려요
삶에는 행복보다 슬픔이 많으니까요

마음이 허전할 때는 누군가를 기다려 보세요
안개가 걷히면 기다리던 그가 올지도 모르니까요

바람이 불면 바람에 흔들리고
비가 오면 그냥 젖어 보세요
순응이 약이 될 때도 있답니다

세상을 하얗게 밝히고 있는 당신
이제 당신을 사랑해 보세요
우리가 있잖아요

고향

6.25한국 전쟁 철없던 어린 시절
포탄에 잃은 동무들 있어 가슴 아린 곳

어머니 냄새가 배어 있고 다리 부러진 지게가
나를 기다리는 곳

친구들 온기가 옷깃에 머물고 내 영혼이
편히 쉴 수 있어 산천이 아름답게 채색되는 곳

전쟁 후 마을에 들어온 초가집 예배당
신세계를 마음으로 보게 했던
그 날들 친구들 재잘거림이 살아 있어
양팔 벌려 달려가고 싶은 곳

꿈에도 그리운 곳
내 고향 영덕

비몽사몽(천사와 대화)

어젯밤

요단강을 건너 어떤 분을 만났더니

네가 어디서 무엇 하다 왔는고?

평생 옹기를 만들다 왔습니다

옹기하다 말고 시는 왜 썼노?

글로써 악한 사람들을

선하게 좀 바꾸고 싶었습니다

그래 사람을 좀 바꾸었나?

책장만 넘기다가

애꿎은 종이만 허비했습니다

수천 년 동안 당신께서 못 바꾼 사람을

저희가 몇 년 만에 어찌 바꾸겠습니까?

세상사람 일에 왜 간섭하고 싶어 했노?

땅이 메마르고 갈라지면 빗줄기 보내고

겨울이 깊어지면 봄 햇살로 간섭하고 싶어지는 듯
저도 그리 하였을 뿐입니다
애썼다. 가서 항아리 물이나 채워라

제 영혼의 항아리에 물을 채워도 될까요?
겉 넘는 소리 그만하고 시키는 대로 해라
말도 좀 줄이고,
할 말을 해야 할 때 제대로 못하고
잡다한 말만 많았던 것 같습니다

알았으면 됐다
나머지 날들을 당신께 맡기겠습니다
하고 싶은 대로 해라
언제 네가 내 말 들었더냐?

가을 기도

주여
지난 어느 날 당신께 고했습니다
십자가를 지겠노라고
내 몫의 십자가를

당신의 뜻을 내려주소서
나는 아직 그날의 그 기도를 이루지 못한 채
오늘도 삶의 의미를 찾고 있습니다
나의 앞날에 당신께서 동행하시어
사랑의 열매를 맺게 하소서

머리 숙여 기도드립니다
이 추수감사절에
그 열매를 당신께 드릴 수 있게 하소서

가을 나들이

순천만 국가정원
코스모스는 파란 하늘을 이고
핑크뮬리는 붉은 평원을 펼쳐놓고
바람은 우리 먼저 와서 어서 오라 손짓한다

가을은 달콤하고 맵싸한 정취를 풀어놓는다
아내와 나는
아! 감탄사로 고맙다는 인사를 대신하고

그렇게 우리는
꽃 멀미를 하며 온 종일 행복을 읽고 있었다

선암호수공원

설레는 마음으로 문필 동인 몇
찾아간 선암호수공원
가지런히 정돈된 공원길에
한가롭게 피어 있는 코스모스
바람과 사랑을 속삭이고 있다

사색에 젖은 가을이 호수에 내리고
갈대꽃 숲에 메뚜기 한가히 날고

갈잎도 풀잎도 쉬고 있는 조용한 정오
돗자리 펴놓고 차려온 음식
세상사는 이야기 한나절이 느긋했다

돌아오는 길
오늘만 같아라 하하호호
우리는 그렇게 꽃을 피우고

봄 파는 할머니

봄이 오는 이맘때
남창 오일장 난전에서
할머니 둘이서 이른 봄을 팔고 있었다

할머니 닮은 고사리
갖가지 산나물
봄을 속삭이고 있는데
올봄에는 할머니가 혼자다

보이지 않는 할머니
서울 며느리 집에 갔을까
요양원에 갔을까

혼자 앉은 할머니가
많이 추워 보인다

교회당 물놀이

대운산 자락 열린문교회 마당
비닐 천 팩 속 바람이 가득
그 바람 튼튼한 사각 둑 되었다

독방 안 맑은 물 신신공기
비탈면 물 뿌려 미끌미끌 미끄럼대

교회당 마당에 물과 바람 가두니
안전하고 시원한 교회당 놀이터
어른 아이 모두 삼복더위 쫓는다

가족사랑 어울려 춤추는 천국이다
내일도 또 내일도 오늘만 같아라

아 침

새벽 공기 한 컵에
맑은 이슬 담아
모닝커피를 마신다

어젯밤 꿈꾼 것
한 조각
고운 소망
한 숟갈 얹어

웃음
몇 방울을 흘려서
캬~ 이 맛!
오늘도 그저 달고 밝아라

오늘도 감사하는 마음으로
출발이다

가을

황금빛 들녘
농부 세월 익어가고

붉게 물든 엄니 얼굴
홍시 되어 말랑거린다

낙엽 밟고 떠난 아버지
그리움 발갛게 물들고

자식들 떠난 텅 빈 집에서
어머니 노치원 영글어 간다

당신 생신에 모인 오 남매
남은 날 몇 날일까?

웃음이 무겁다

계절처럼 늘어나는

어머니 주름살

세월을 잡을 수는 없을까?

잃어버린 고향

고향에는 이제 내 집이 없어졌소
군불 땐 아랫목에 우리 형제
엉덩짝 지지면서
군고구마 호호 불며 먹던 때가
엊그제 같은데
정말로 이제 고향에는
내 집은 없소

항아리 속 된장처럼 잘 익은 추억이
초가지붕 반듯한 처마 밑 고추 타래처럼
빠알갛게 저 혼자 타고 있어도
이제 고향 내 집은 다시 없소

그날 폐교된 학교 운동장에는
늙은 플라타너스가
나, 그때를 그리는 듯 구부정 서 있었소

그날, 높게 자란 잡초 위로
길 잃은 바람 몇 점만 서성이고 있습디다
나는 마을 밖 복숭아밭에 앉아
한동안 소리 죽여 기어이 울고 있었지요

허덕만 장로님을 기리며

　사시사철 푸른 소나무로 살아 계실 것 같았던 장로님 칠월 바람처럼 그 불멸의 정신으로 외고산 식구들을 어루만져 주셨는데 배웅도 없이 그 먼 길을 떠나셨지요.

　아침이면 종달새 노래로 저녁이면 두견새 울음으로 장로님은 지금도 우리를 달래고 있습니다. 그 늠름하고 자신감에 찬 모습 너무나 그립습니다. 장로님이 사무치게 그리운 날은 저녁 하늘을 올려다봅니다. 동쪽에 보이는 유난히 반짝이는 별이 장로님이라 생각하면서요. 길게 뻗어 내리는 성우(星雨)에 그리움을 달래도 봅니다

　저는 장로님 바람처럼 평생 옹기만을 고집하여 옹기명장이 되었습니다. 그리하여 외고산을 지키며 장로가 되어 40년을 장로님이 섬기던 교회에 장로를 은퇴하고 평생 그리던 시인이 되었습니다. 이제 얼마가 될지는 몰라도 그곳에서 만나겠지요. 그때 이승의 이야기 조용히 풀어 놓으렵니다. 감사했습니다. 고마웠습니다.

베드로*의 닭 우는 소리

새벽닭이 세 번째 우는 소리에
베드로는 깜짝 놀라 자기가 배신자 된 것을 알고
통한의 눈물로 후회하고
그를 위해 충성을 다짐하여
결국 그도
십자가 형틀에 매달려
주님이 가는 길을 따라갔다

이 강산에는 하늘의 닭소리가
세 번 네 번 울려도
눈물은커녕 네 탓만 한다
세월호
천안함
이태원

* 베드로 : 예수님의 수제자

평양 형무소
- 신사 참배

우리 이름 우리말을 고집하며
신사참배를 거부한
목사 주기철은
평양 형무소에서 성경을 읽고
찬송가를 부르면서
예수그리스도 품에 안겼다

신사 참배 반대와
우리말 쓰기 항일활동을 한 그는
총칼 대신 예수 사랑 실천으로
일제와 싸웠는데
대한독립과 민족의 자유를 노래한
광야의 목회자로
감옥에서 순교했다

동해의 하늘빛이 항시 맑은 까닭은

선조들의 의기가 풍랑을 잠재우고
외세의 몹쓸 기운을 몰아냄이요
역사 왜곡을 바로 잡기 위해
생명을 내놓은 목회자들이 있어서이다

당신께 두 손 모아 머리 숙입니다
감사합니다
고맙습니다
잊지 않겠습니다

도공 예혼, 장인정신으로 빚은 자연 친화적 서정시

손수여(시인 문학박사 문학평론가 국제펜한국본부 대구지회장)

1. 들머리

이 글은 영산 배영화의 시집 『흙』의 시세계를 살펴서 이 시집만이 갖는 변별력이 있는 어떤 특성을 찾아보는 데 목적을 둔다. 전체적인 맥락을 파악하기 위해서 시집을 두어 차례 정독했다. 영산 시인은 일제 강점기 끝 무렵 1942년에 경북 영덕 지품면에서 태어나서 조국 광복과 한국전쟁의 아픔, 민족 애환을 겪은 마지막 세대이시다. 그런 질곡의 삶을 살면서 영산은 지우학志于學의 유년시절 도요 장인 허덕만 선생 문하에 들어 10년 만에 1968년부터 독립적으로 옹기공방을 창설하고 절차탁마하여 2009년에 무형문화재 옹기장 제4호(울산광역시)로 지정, 2016년에는 '도자기 공예 명장'으로 지정되었다.

이러한 집념과 끈기는 그에게 고희가 지났어도 2014년부터 울산시민문예대학 시창작반 4년을 수료하고 2018년에 〈문예운동〉 발행인 성기조 박사의 추천에 의하여 그는 시로 등단, 문단에 나왔다. 그리고 불과 여섯 해만에 첫 시집 『흙』을 상재하였으니 '팔순'이 넘은 연세가 무색할 열정 앞에 숙연해진다.

시는 짧게 써야 한다. 이것은 나의 시론이다. 좀 더 적확하게 말하자면 형식상의 전제이다. 짧게 쓰려면 함축직 표현으로 절제미가 있어야 한다. 그렇게 하려면 정제된 시어로 대상을 형상화해야 한다. 사전에 '시는 문학의 한 갈래. 마음속에 떠오르는 느낌을 운율이 있는 언어로 압축하여 표현한 글, 곧 자기의 정신생활이나 자연, 사회의 여러 현상에서 느낀 감동이나 생각을, 운율 지닌 간결한 언어로 나타낸 문학 형태'라 명시되어 있다. 길어도 시일 수는 있지만 시다운 맛이 떨어진다.

우리들의 삶은 일상의 각질이나 무늬로 덮여 있다. 일상이라는 기성 가치에 길들어졌기 때문에 우리의 시선은 가려진 삶의 실상을 보지 못한다. 이런 일상적 삶을 주어진 대로 살아가는 사람을 하이데거는 "세인世人"이라 하고 사르트르는 "한평생 잠자는 사람"이라 부르고 있다.

이와는 달리 존재의 실상을 깨닫고 본질을 보려고 애쓰는 사람을 "깨어 있는 사람"이라 할 수 있는데 일부 시인도 여기에 속한다고 할 수 있다(권기호 2010:11~29, 어문학). 배영화 시인의 이 시집은 한 마디로 '도공의 예혼이 꽃 피운 서정시의 구축'으로 보인다. 그렇기에 전체는 5부로 각부 15편씩 적절하게 배분하고 있지만 그의 평생을 도예에 바쳤기에 시는 그의 삶을 압축하고 대변하기 때문에 소재는 다양하지만 궁극적으로 대부분이 동일 소재와 주제를 벗어나지 않는다.

이제 이것을 좀 더 구체적으로 살펴보기로 하자.

2. 도예 인생 숙성된 장인정신

여기서는 배영화 시인이 칠십여 년을 도예와 함께해 온 그의 상징성이 있는 시와 소재의 근원인 '흙'에 관련된 몇 편부터 먼저 보기로 하자.

> 흙을 깊고 다듬어 달을 담았습니다.
> 곡선의 몸태 안에
> 별빛 달빛 다 받아
> 담고 비웠던 세월이
> 불룩한 배를 내밀고 숨 고르기 합니다

우리 흙 신토불이가
왕조의 자기(磁器)에도 들지 못하고
일회용에 밀린 뒷방 늙은이가 된 세월이
서럽도록 아픕니다

오늘
그 세월 버무려 김칫독을 만듭니다
달항아리가 낳은 김치
세계인 음식이 되고
엄지척이 되라고
볼록한 배를 내밀고 숨 고르기 합니다

'와! 와! 엄지척이다'
다시 꿈이 자라고
보름달로 뜬 달항아리 동쪽이 환~ 합니다

- 「달항아리」 전문

　　위의 시는 배영화 시인의 「달항아리」 전문이다. 도예
에 바친 시인의 평생에 비하여 오늘날 일회용 종이컵에
밀려버린 요즘 세태를 풍자하는 시심이 매우 흥미롭다.
이 시집 전편을 통하여 볼 수 있는 것은 대부분이 기승
전결 구조인 4연의 한시 형식을 취한 것도 한 특징이다.
1연은 '달항아리'의 외형상 모양을 그려내고 있다

2연은 '우리 흙 신토불이'가 청자나 백자를 빚듯 도공의 혼이 무색할 정도의 현실을 직시하고 '서럽도록 아프'다고 하네요. 그러나 3, 4연에 오면 도공은 오늘/그 세월 버무려 김칫독을 만듭니다/달항아리가 낳은 김치/세계인 음식이 되고/엄지척이 되라고/불룩한 배를 내밀고 숨 고르기 합니다

이 연은 음식문화도 한류를 타고 '김치'는 세계인의 입맛을 사로잡게 되었기에 오늘날 김칫독의 역할을 톡톡히 할 것이라는 기대감에 차 있다. 말하자면 도공으로서 반세기 이상을 도예에 바친 예술혼과 시심이 어우러진 결이 고운 시이다. 이와 같은 맥락의 시는 "잠 깨어 문을 열면/시집가길 기다리는 옹기들/종대로 횡대로 진열해 있는 너희들은/사랑하는 자식이다"…(중략)…"오늘은/옹기마을 사람들 걸음걸이가 가볍다/가슴으로 낳은 항아리들 시집가는 날이라고/아침 햇살도 윤슬로 축하한다"(「옹기마을 사람들」에서)고 했지요.

그렇다. 도공이 혼을 담아 빚은 달항아리나 옹기가 모두 도공의 땀과 피, 뼈를 깎은 분신이고 자식이다.

이 시의 자매편 「옹부甕夫의 봄」에서도 이 같은 시심은 이어지고 있다. 무생물에게도 생명을 불어넣는 활유

법과 의인화가 풍유와 풍자적으로 묘사한 수사 기교가 돋보인 시편들이다.

이제 배영화 시인의 시집 표제어와 같은 소재의 시, 두 편을 어떻게 묘사하는지 「흙에게」와 「흙」을 살펴보기로 하자. 우선 이 두 편은 형식상은 좀 색다른 느낌을 준다.

그의 시 전편을 통하여 대체로 구성 방식이 4연인데 비하여 「흙에게」는 5연이고 아래의 「흙」은 서론, 본론, 결론처럼 3연 구조를 보인다.

오늘 아침 숱한 무늬를 읽는다
거칠고 깡마른 너를 다듬기 수십 년
함께 산 세월 여기까지 왔구나
너는 나의 살붙이다

너는 내 발꿈치에
수없이 밟히고 두들겨 맞아도
아무 말 없이 순응했었지
이제 생각해 보니 정말 고마웠구나

내 너를 사랑할 날이 얼마 될지 모르지만
그날까지 너를 사랑하리

이제 우리는 설명이 필요 없지
눈빛만 보아도 속마음 다 아는걸

- 「흙에게」 부분

겨우내 얼었던 나
찬물에 뒤집기 수차례
그 무엇이 되기 위해
견뎌내고 있습니다

장인의 발꿈치에 수없이 밟히고
도공의 손에 두들겨 맞아
거무죽죽하던 내 이미지가
때깔 날 때까지
죽고 살아나기를 수십 번

너에게 환하게 다가가
아침 햇살 한 줌에 감격할 날을 기다리며
오늘도 죽은 듯 세월을 견뎌내고 있습니다

- 「흙」 전문

위 두 편의 시 「흙」과 「흙에게」를 보면, 도공에게 '흙'
은 없어서는 안 될 요소이고 근원이다. 아기에게 생명의
모태, 어머니와 같다. '흙'은 소재로서 뿐만 아니라 이 세
상의 만물이 존재하는 공간이고 우주이다.

시적 화자는 온전한 작품을 완성하기 위해 그 재료로써 '흙'을 빚고 굽고 무수한 세월을, 일생을 함께하고 최후에 돌아가는 곳도 '흙'이다. 여기에 도반으로서 평생 갈 듯 살붙이로 만난 인연의 친구는 저승으로 떠나도 그의 정신은 혼불로 이어지고 있다. "장인의 발꿈치에 수없이 밟히고/도공의 손에 두들겨 맞아/ 거무죽죽하던 내 이미지가/때깔 날 때까지/죽고 살아나기를 수십 번"

이 구절은 작품이 탄생되기까지의 사실적 묘사가 담긴 것이다. 이 과정에서 무생명에게 활력을 불어넣어 생명을 탄생시킨다. 이때 「흙에게」는 사람을 대하듯 공손하게 그려내는 수사기법이 활유법과 의인화이다. 여기에 가치와 의미를 부여하는 것은 시인의 몫이다.

3. 한국적 뿌리, 가족애를 그린 시심

여기서는 옹기를 매개체로 한, 「옹기 할매」와 「옹기와 어머니」는 유사한 듯 어떻게 달리 묘사되고 있는지 '가족애'를 살펴보기로 하자. 같은 소재인 '옹기'이지만 다루는 대상, 그것을 오일장터 시장에서 파는 '할매'와 그것을 구입해서 가족을 위해 장이나 김치를 담그고 사용하시던

'어머니'를 대비시켜 그려내고 있다.

  봄 햇살도 머리에 이면 무거운가 보다
  시끌벅적 요란한 장터 모서리
  옹기종기 걸레질로 닦아 놓고
  고갯방아 찧는 할머니

  옹기 팔 생각은 아예 잊은 듯
  꿈속 천국 미리 다녀오시는 모양이다
  할머니 대신 눈을 뜨고 있는 저 옹기들
  노처녀 시집가기를 기다린다

  오늘은
  영감님 저녁상에 고등어 한 손 올릴 수 있을까
  "옹기 사이 소" 외치지도 않고
  눈 감고 앉은 모습이 옹기인지 할매인지

                              –「옹기 할매」 전문

  위의 시 1연은 모질게 추운 겨울을 이겨내고 따사로운 봄 햇살에 시끌벅적 요란한 장터 모서리에서 옹기를 깨 끗이 걸레질하여 닦아 놓고서는 졸음에 겨워 고개방아 찧는 할매, 곧 아내의 모습을 사실적으로 묘사하고 있다. 2연에서는 얼마나 나른하고 피곤했으면 "옹기 팔 생각은 아예 잊은 듯/꿈속 천국 미리 다녀오시는 모양이다"는 이 구절에서 시인의 표현기법이 매우 신선하다. 무생물을 의인화한 활유법이 아이러니칼하다. "할머니 대신 눈을 뜨고 있는 저 옹기들/노처녀 시집가기를 기다린다"

이 얼마나 기발한 발상인가. 그리고 3연에 와서는 그래도 장사는 팔아야 하는데, 전혀 그럴 기색이 보이지 않은 듯하다.

시골 장터는 물물교환이나 팔려는 사람의 호객 행위로 시끌벅적한데 이 할매는 너무 초연하다. 고등어 한 손 값도 못 건지고 졸고 앉은 모습이 "옹기인지 할매인지"란 구절이 더욱 그렇다. 부창부수라 하지 않던가. 시인의 재치와 여유로움은 '안빈낙도'의 선비 모습으로 다가온다.

> 사랑이 없으면 사그라졌을
> 임부의 모습으로 태어난 옹기들
>
> 이고 진 옹기장수들
> "사이소 옹기 사이소 쌀 보리랑 바꾸이소"
>
> 귀 기울여 들어보면
> 햇빛과 바람과 숨소리까지

옹기 속에 메아리로 들어 있다
우물가 여인네들 웃음소리도 함께 있고

지금도 엄마가 보고플 땐
장독을 열어 엄마의 소리를 듣는다
옹기 속에는 어머니가 살고
내 유년이 살고 있다

　　　　　　　　　－「옹기와 어머니」 전문

진달래 꽃술로 허기 채우던 날
우리들 눈은 빛을 잃었지
어머니는 우리를 읽으셨을까
이십리 밖 시장에서 사 오신 대게
가난을 지운 저녁상
부자가 부럽지 않았던 그날

오늘 달빛은 그 여름밤을 증폭시킨다
그날 어머니는
대게 다리 하나쯤 잡수셨을까

　　　　　　　　　－「영덕 대게」 부분

　앞서 보인 이 두 편의 시는 「옹기 할매」와는 전혀 다른
이미지다. 그런데 「옹기와 어머니」와 「영덕 대게」는 소재
는 달라도 공통점은 주제가 어머니의 사랑이 담긴 그리움

이다.

앞의 시 「옹기와 어머니」 1,2연 전반부는 '옹기'의 탄생과 옹기장수에 의해 판매과정을 그려내고 후반부 3,4연은 가족의 밑반찬, 된장과 간장을 담그시던 '장독'으로 그 옹기는 '어머니의 그리움'의 상징물이다. 이어지는 시 「영덕대게」도 소재는 '대게'이지만 주제는 '어머니의 사랑과 그리움'이다.

1연은 "진달래 꽃술로 허기 채우던 날/우리들 눈은 빛을 잃었지" 첫 행에서 보인 바, 보릿고개를 건너온 배고프던 시절을 소환한다. 5일마다 열리는 시골장에서 어머니가 "이십 리 밖 시장에서 사 오신 대게/가난을 지운 저녁상/ 부자가 부럽지 않았던 그날"을 환기시킨다. 자식들에게 먹이기 위해 "그날 어머니는/대게 다리 하나쯤 잡수셨을까"를 성찰하는 그 마음이 시인의 어버이에 대한 사랑이고 효심이다.

그밖에도 유년 시절의 인성교육이 담긴 '어머니의 말씀'이 더욱 그렇다. "'공부하기 힘들면 마당 쓸고 쇠꼴 베어 오너라'/ '한 자 배우면 열 번 써야 한다'/가볍지 않은 어머니 말씀/ 공부 먼저 인내 실천 길렀지요"(「어머니」에서)라고 회고하고 있다.

세상 빛 본 지 칠 년 만에
우리 두고 하늘나라 가신 아버님
큰 집 장손 형과
샛별 닮은 누이와 네 살배기 어린 동생을 남겨 두고….

총알이 날아들던 6.25한국 전쟁
인민군이 마을에 들어오기 오 일 전에 가신 아버님

인민군이 그리 무서웠으면
우리는 어떡하라고 혼자 피하셨는지요

그래도 금슬 좋아 다복한 오 남매
애틋한 어머니 사랑으로 잘 자랐답니다

하늘나라 떠나시는 그 길을
배웅 못한 우리
미안하고 보고 싶습니다

                    – 「사부곡」 전문

　위의 시 「사부곡」은 팔순이 넘은 시인에게 유년기부터
질곡의 세월을 살아온 아버지에 대한 그리움이 묻어나는
시이다. 한국전쟁 5일 전이고 배 시인이 일곱 살 때 아버
지는 세상을 떠나셨다. 형과 누나와 네 살배기 동생 등 다
섯 남매를 남겨두고 떠나셨지만 생전에 어머니와 금슬이

좋으셨기에 다섯 남매가 있고 어머니의 애틋한 사랑으로 자랐다고, 그리고 그 시절에는 너무 어려서 소천하신 아버지를 배웅하지 못했던 회한을 그려낸 시이다.

> 빈손으로 도공의 길을 시작한
> 나를 만난 아내의 운명은 필연이었을까
>
> 이십억 남자들 중에
> 부족한 나를 택해
> 아이를 낳아 가족이라는 울타리를 만들어
> 행복을 알게 해 주었고
> 부모님 공경하기를 성경 말씀처럼 하였으니
> 아내와의 만남은 축복이었습니다
>
> 아내의 헌신은 손주들로 인해
> 더욱 빛나고 있으니
> 감사로 눈부십니다
>
> 하나님은 내게 아내를 주셔서
> 사랑을 알게 했습니다
> 함부로 쓸 수 없는 말
> '사랑'
> 아내를 위해서만 쓰겠습니다
>
> — 「아내」 전문

이 시는 아내에게 바치는 순애보 같은 '아내 사랑'을 반추하고 성찰해서 고백하는 시이다. '사랑'이란 낱말 하나에 담긴 넓고 깊은 의미를 문사답게 개념을 정립해서 오로지 '아내를 위해서만 쓰겠습니다'라고 결구를 맺는다. 툭하면 돌아서는 매정한 현대사회의 이혼 부부를 바라보면서, 가족을 위해 일평생 희생하였다고 '아내'를 인정하고 존중해주는 가장의 고귀한 그 마음이 최선의 사랑이다. 이런 진실한 '부부애'는 그가 스스로 자신의 존재를 드러내는 시 「나」에서 더욱 명징해진다. "어제는 꽃길 걷기를 원했었는데/가시밭길 있어 오늘이 있었네/지금 옆에 있는 사람이 오늘을 사는/인생에 최고의 동반자/남은 길 함께 가련다/그 사람이 꽃이라는 걸 이제야 안다//"(「나」에서). 우리 인생은 남이 나를 알아주기를 바라지 말고 '나 스스로 나를 존중하는 마음'을 갖자는 것이다. 곧 자중자애이다.

4. 자연 친화적인 서정성

이제 배영화 시인의 자연과 관련된 소재의 시를 서너 편 살펴보기로 하자. 그에게서 자연은 어떤 의미로 다가오는가?

대운산 철쭉
눈보라 치는 겨울에
알몸으로 봄을 기다리고 있다

진달래 앞서지 못해 서러운 연분홍
황홀한 축제 짧은 하루가 아쉬운 숨결이다
꽃잎 지면 찾아올 님도 없을 텐데….

내가 꿈에서라도 너를 사랑하리
그리움은 성숙을 키우니까

　　　　　　　　　　－「대운산 철쭉」 전문

　앞서 보인 시 「대운산 철쭉」은 그 소재가 제목에서 보이듯 그의 고향 산 이름과 봄꽃 '철쭉'이다. '철쭉'은 지역에 따라 다른 이름 '연달래'로도 불리는 꽃인데 '진달래, 참꽃'이 지고 난 뒤 피는 꽃이다. '참꽃, 진달래'가 식용이라면 '철쭉'은 독성이 있어 끈적끈적하고 먹지 못한다. 그럼에도 첫 연에 "대운산 철쭉/눈보라 치는 겨울에/알몸으로 봄을 기다리고 있다"는 구절은 이어지는 다음 연의 "진달래 앞서지 못해 서러운 연분홍/황홀한 축제 짧은 하루가 아쉬운 숨결이다"라고 한, 인과 관계에서 '진달래'가 피고 난 다음이란 것을 넌지시 '정한을 노래하는' 상징의 '자

규, 귀촉도'를 연상시킨다. 그렇기에 시인은 "꽃잎 지면 찾
아올 님도 없을 텐데…"라고 단정하면서 시적 화자는 곧
"내가 꿈에서라도 너를 사랑하리/그리움은 성숙을 키우니
까"(「대운산 철쭉」에서)라고 화답하는 것이다.

　이 시의 자매편 「하얀 철쭉」에서 배 시인은 "마을 앞 봄
언덕에/활짝 핀 하얀 철쭉"을 "하얀 소복 차림에 고운 자
태로 서성이고 있는 너/가신 님 그리고 있구나"라고 묘사
하고 있다.

　여기에 또 다른 이미지의 꽃 '백목련'은 진달래와 같은
시기에 개화한다. "하얗게 봉긋 솟아오른 꽃봉오리/동면
의 긴 터널 지나/순결 서약을 지켜낸 처녀 가슴이다"라는
'은유'와 '의인화'의 수사 기교가 신선하게 다가온다.

　그래서 시인의 눈에는 인간 세상 너머에 자연마저도
"순백의 존엄 앞에/세상 꽃들이 고개 떨구고/너의 정결을
흠모하지"(「백목련」 일부)에서 보인 것처럼 꽃을, 봄을 예찬하
고 있다.

　　　개망초 당신에게 이릅니다
　　　마음이 슬퍼질 때 그냥 울어 버려요
　　　삶에는 행복보다 슬픔이 많으니까요

　　　마음이 허전할 때는 누군가를 기다려 보세요

안개가 걷히면 기다리던 그가 올지도 모르니까요

바람이 불면 바람에 흔들리고
비가 오면 그냥 젖어 보세요
순응이 약이 될 때도 있답니다

- 「개망초에게」 부분

위의 시 소재이기도 한 '개망초(Daisy Fleabane)'는 국화
과, 쌍떡잎 통꽃으로 개화기는 6~8월이다. "계란꽃이라
고도 불리는 흰 꽃에 가운데는 노란색을 피우는 자생력이
강하고 꽃말은 '화해'이다. 온갖 고난을 견뎌내고 살아온
인생은" 행복보다 '슬픔이 많음'을 시인은 깨달았다. 그렇
기에 시인은 야생하는 지천의 꽃 '개망초에게' 몰입하고
감정을 이입하는 것이다. "마음이 슬퍼질 때 그냥 울어 버
려요" "마음이 허전할 때는 누군가를 기다려 보세요/안개
가 걷히면 기다리던 그가 올지도 모르니까요" 그리고 또
"바람이 불면 바람에 흔들리고/비가 오면 그냥 젖어 보세
요"라고 청유한다. '안개'가 걷히면 기다리던 사람이 오고
'순응'이 약이 될 때도 있다는 것을 시인은 안다. '기다림'
이 '희망'이고 삶의 지혜이기 때문이다. 이것은 그렇게 인
지하는 시인만이 누리는 특권이요, 행복이다.

영남 알프스 가지산
단풍이 노을이다
억새도 사랑을 하는가
안긴 모습이 정답다

나는 그리움 실은 편지
낙엽에 쓴다

내 가슴도 노을빛이다

- 「가지산 가을」 전문

앞서 보인 시 「가지산 가을」은 시의 특성인 '절제미'를 살린 시의 백미이다. 이 시는 10행이 내의 20개 미만의 시어로 그려낸 가지산 가을의 풍광이다. "단풍이 노을이다, 내 가슴도 노을빛이다" 이것이 은유이고 시의 멋이고 맛이다. 군더더기가 없는 간결성에 시흥과 여운이 감돌뿐이다.

이 같은 이미지로 그려낸 시 중에 가을산을 흔들어대는 것은 '억새'이고 마치 바람에 흩날리며 온몸으로 연기하는 긴 머리 여인에 비유한 "그 정원에 홀딱 빠져 있을 때/억새꽃이 손짓을 했었다"(중략) "은빛머리 풀어 손짓하는 긴 머리 가시네들/두고 오는 길/몇 번을 돌아봤는지"(「신불산 억새, 그날」일부)에서 표현기법이 세련미를 보인다.

5. 그리스도 사랑으로 꽃피운 시심

　사람은 저마다 지닌 개성과 능력이 다르다. 그에 따라 성격도 완전히 다르게 느껴진다. 그래서 인간은 존재로서의 부족하고 힘에 겨운 것은 '신'이나 '부처, 예수, 마리아'에게 간구한다. 이 믿음이 사랑으로 승화한 것이 종교적 사랑이다. 말하자면 믿음은 종교적 신앙에서 나온다. 이제 배영화 시인의 종교적 신앙에 바탕을 둔 시편들을 살펴보기로 하자.

　　　아는 게 힘이란 말과
　　　모르는 게 약이란 말의 의미는
　　　다 아는 사람 없고
　　　다 모르는 사람 없는데
　　　나는 어디쯤 가고 있을까

　　　요단강으로 기울어 가는 나이에
　　　손익 계산서가 무슨 소용인가
　　　함께 해 온 사람들에게
　　　늘 감사하며 지난날에 용서를 빌 뿐이라네

　　　가는 길을 알고 있으니
　　　여행을 마치고 집으로 가는 기분으로

그날을 맞아야지

- 「요단으로 가는 길」 부분

어젯밤
요단강을 건너 어떤 분을 만났더니
네가 어디서 무엇 하다 왔는고?
평생 옹기를 만들다 왔습니다.
옹기 하다 말고 시는 왜 썼노?
글로서 악한 사람들을
선하게 좀 바꾸고 싶었습니다.

- 「비몽사몽」 부분

위의 시는 황혼기를 맞은 시인의 자화상을 삶의 경륜으로 그려낸 시이다. 도예가로서 후회 없이 살았던 인생을 칠순 중후반에 시 창작에 몰두하여 "아는 게 힘이란 말과/ 모르는 게 약이란 말의 의미는/다 아는 사람 없고/다 모르는 사람 없는데/나는 어디쯤 가고 있을까"를 성찰하여 짚어보고 이 시의 핵심이고 주제인 3연은 "요단강으로 기울어 가는 나이에/손익 계산서가 무슨 소용인가/함께 해 온 사람들에게/늘 감사하며 지난날에 용서를 빌 뿐이라네"(「요단으로 가는 길」에서) 마치 세상을 풍운아처럼 살다간 시선, 난고 시인의 막힘없는 시심을 만난 듯하다.
시인은 세상의 이치를 달관하듯 향후 이승을 하직하는

날을 예측이라도 하듯, 초연하게 "여행을 마치고 집으로 가는 기분으로 그날을 맞아야지"라고 말할 수 있는 것은 이미 마음을 내려놓은 수행자의 경지이다. 이어지는 시는 「비몽사몽」의 일부분이지만 배경 소재는 요단강이다. 저승사자 판관 앞에서 이승의 이력을 보고하듯, 면접을 보듯 묘사된 부분이 흥미롭다.

　　　　성경은 우리에게 일러 준다
　　　　너희의 고향은 흙이라고
　　　　너희는 흙이니
　　　　흙에서 왔다가
　　　　흙으로 돌아간다 하셨다

　　　　나는 평생을 흙을 만지며 살았다
　　　　도공(陶工)의 직업으로
　　　　밟고 두드리며
　　　　온갖 모양의 그릇을 빚어냈다

　　　　　　　　　　　　　　　　－「본향」부분

　　　　주여
　　　　지난 어느 날 당신께 고했습니다
　　　　십자가를 지겠노라고
　　　　내 몫의 십자가를

당신의 뜻을 내려주소서
나는 아직 그 날의 그 기도를 이루지 못한 채
오늘도 삶의 의미를 찾고 있습니다.
나의 앞날에 당신께서 동행하시어
사랑의 열매를 맺게 하소서

＊＊＊＊＊＊＊＊＊＊＊＊＊＊＊＊＊＊＊＊＊ ㄴ「가을 기도」 부분

　여기서 앞의 시 「본향」과 「가을 기도」는 자매편처럼 도
예가의 삶에 대한 열정과 그 삶에서 얻은 행복감, 가을 추
수에 대한 감사의 기도처럼 다가온다. 다음 장에서 언급
할 릴케의 〈가을날〉이 교차되어 연상된다. 성경은 도공인
너의 고향은 "흙"이라고 흙에서 왔다가 흙으로 돌아간다고
성령으로 계시된다. 그래서 "나는 평생을 흙을 만지며 살
았다/도공의 직업으로/밟고 두드리며/온갖 모양의 그릇을
빚어냈다"고 토로한다. 고해성사이다. 이것은 배 시인이
도예의 첫 스승이자 40년을 같은 예배당의 장로가 되어
스승을 기리며 기도로 다음과 같이 술회하고 있다.

　사시사철 푸른 소나무로 살아 계실 것 같았던 장로님
칠월 바람처럼 그 불멸의 정신으로 외고산 식구들을 어
루만져 주셨는데 배웅도 없이 그 먼 길을 떠나셨지요.
(중략) 저는 장로님 바람처럼 평생 옹기만을 고집하여
옹기명장이 되었습니다. 그리하여 외고산을 지키며 장

로가 되어 40년을 장로님이 섬기던 교회에 장로를 은퇴
하고 평생 그리던 시인이 되었습니다. 이제 얼마가 될지
는 몰라도 그곳에서 만나겠지요. 그때 이승의 이야기 조
용히 풀어 놓으렵니다.

- 「허덕만 장로님을 기리며」 부분

이쯤에서 서평다워야 하기에 극본의 악역처럼 꼬집어
둔다. '기도문'의 형식성 때문에 「허덕만 장로님을 기리며」
와 「형수님께 드리는 팔순 기도문」 등은 진솔하지만 표현
기법이나 '절제미'의 결여는 옥에 티로서 향후 시인의 고
뇌가 따라야 할 과제이다.

6. 성찰로서의 회귀 본성

이제 서산의 붉은 노을처럼 아름다운 그의 황혼기를 어
떻게 표현하는지 몇 편의 시를 살펴보기로 하자.

바람도 구름도 스치지 않는
세월의 흔적조차 잊혀 가는

마을 앞 텅 빈 선로는
낙엽에 쌓여 추억만 잉태하고
옷깃을 여민 바람도 발길을 멈춘다

퇴색되어 버린 철도 레일
들국화도 손사래 치고
돌아갈 수 없는 추억만 가득하다

잊혀진다는 건
산 넘어가는 구름 같은 거

-「폐선」전문

   도예를 빚던 장인의 모습은 이 시에서는 상상을 초월한다. "바람도 구름도 스치지 않는/세월의 흔적조차 잊혀져 가는" 향수의 도입부가 그렇다. 고향을 달리던 활기찼던 철로가 멈췄다. 인구가 감소하면서 녹슨 기찻길에 낙엽만 쌓인 가을 서정은 역설적으로 '봄날 이백을 생각하는〔春日憶李白〕 당대 최고의 시인 두보(杜甫 712- 770)를 떠올리게 한다. 또 릴케의 '가을 날'이 겹쳐져 전율로 다가온다. "깨어서 책을 읽고/길고 긴 편지를 쓰고/나뭇잎이 뒹굴어 갈 때면/불안스레 가로수 길을 이리저리 소요할 것입니다"라고 했던 라이너 마리아 릴케(Rainer Maria Rilke 1875- 1926)에게 흠뻑 젖게 한다.

   무슨 말이 더 필요하랴. "낙엽이 쌓여 추억만 잉태하고/옷깃을 여민 바람도 발길을 멈춘" 그곳, 마을 앞 빈 선로, 시간이 멈춘 그 자리에 그냥 나도 멈추고 넋을 잃고 싶다.

그래서 '잊혀진다는 건/산 넘어가는 구름 같은 거'라는 '구름'은 언제 어디로 가고 사라질지 알 수 없는 것이다. 곧 인생 황혼기를 맞은 시적 화자는 '폐선'의 가을 서정에 시인의 감정을 이입시킨 '인생무상'에 대한 절창이다.

여기에 시인은 산수 년을 기념하여 아내와 괌으로 여행을 갔다. 그리고 바닷가에서 끊임없이 다가오는 파도를 보고 감흥을 일으키고 질문한다. "파도여/뭍을 향한 질문이 그리도 많은가/하루에도 천만 번 죽고 싶며 질문을 하고 있구나/이 팍팍한 세상/기쁨보다 걱정이 더 많단다// 너는 죽고 살고를 반복해/오늘을 죽어 내일을 살아내는데 /나, 온종일 네 비밀을 캐려 해도/갈매기 비늘만 떨어질 뿐/물음표만 더 한다//"(「괌 바닷가에서」 일부).

어쩌면 이 질문은 파도가 아닌 시인 자신에게 살아온 인생에 대한 회고이고 성찰로 다가온다. 바닷가 풍광 곧 서정에 시인의 감정을 몰입한 서사가 이보다 예리하고 진중할 수 있단 말인가.

> 시 창작 공부반에서 귀 파기 시제
> 오염된 소리가 너무 많이 들어와
> 담아 두어야 할 말이 함께 끌려 나올 것 같아
> 파내지를 못하고 있다

오늘도 여의도 반려인들 짓는 소리 계속 들린다
스승께 오른쪽 귀를 불어 달라야겠다
더러운 말이 걸러 나가게

- 「귀 파기」 전문

우주와 자연에 순응하는 인간이기에 비우고 내려놓는다고 하지만 비우기도 전에 채운다. 그렇기에 이에 가까운 삶만으로도 초연하고 달관했다고 한다. 위의 시를 읽으면 배 시인이 그렇다. 시창작반에 들어서자 시제를 보고 국회의원들이 사는 동네 여의도를 풍자하고 있다. 그 기법인 아이러니(irony)를 제대로 실험하고 있다. 위의 시 「귀 파기」 후반부는 예사롭지 아니하다. "오늘도 여의도 반려인들 짓는 소리 계속 들린다/스승께 오른쪽 귀를 불어 달라야겠다/더러운 말이 걸러 나가게"

위의 구절은 중국 요임금 시절에 소부와 허유의 〈귀 씻기, 기산영수箕山潁水〉라는 고사를 연상하게 한다. 허유는 어질고 지혜롭기로 명성이 높아 요임금이 요직을 맡아 달라고 청탁하자 이를 거절한다. 그리고는 안 듣는 것만 못한 말을 들었다 하여 자기의 귀를 흐르는 맑은 강물에 씻는다. 망아지를 끌고 오던 소부가 이 광경을 보고 들은 후

더러운 물을 망아지에게 먹일 수 없어 상류로 올라가 먹였다는 데서 비롯된 이 고사를 배 시인은 꿰뚫은 듯 원용하고 있다.

> 어느 날 일상의 짐 다 내려놓고
> 한 줌 가루로 남을 인생
>
> 산다는 건 짧고도 긴 여행을 하는 것이었네
>
> 아름다운 여행을 소망하지만
> 슬프고도 아픈 여행이었어도
> 뒤돌아보니 지우고 싶지 않은 추억이 되네
>
> 짧고도 긴 추억 여행
> 내가 남길 말은
>
> '고맙습니다,
> 당신 덕분에 지구 여행 잘하고 갑니다'
>
> — 「남기고 싶은 말」 전문

황금빛 노을 보듯 환하고 아름답다. 배 시인은 무엇을 위하여 어떻게 살아왔는가를 반추하고 성찰하는 자신과의 약속이다. 여기에 보인 위의 시 몇 편은 제목부터가 의미심장하다. 산수를 넘어오신 삶에 어찌 꽃길만 있으랴? 힘들고 고통스러울 때가 있는 것이 인생이다. 세찬 풍파를 견디고 이겨낸 인생이기에 값지고 아름다운 것이다. 이미 그의 훈장이 말한다. 표제어 '흙'은 배 시인 자신이 열일곱에 도예에 입문하여 평생을 추구해 온 삶, 그 자체이다. 그가 꽃 피우고 열매를 맺어 대한민국 최고의 '도예공 장인'이 되었다. 그러나 그는 이생을 다하면 빈손으로 와서 빈손으로 돌아갈 곳도 '흙'이란 것을 알고 있다. 몸과 흙이 하나가 되는 것이다. '신토불이' 흙과 자연 친화적인 예술혼으로 승화시킨 백자와 같은 결이 고운 시를 빚고 있다.

이제 앞서 논의해온 것을 요약하여 마무리 짓고자 한다. 배영화 시인은

첫째, 한 마디로 시집 소재이며, 표제어인 『흙』은 도공의 예술혼을 '달항아리' 담아 빚은 장인정신의 내면세계를 서정시로 승화시켰다. 그 과정이 다음과 같이 전개되고 있다.

둘째, 그의 시는 한국인의 정체성, 곧 한국적 뿌리를 가정에 두고 '할머니, 아버지, 어머니, 아내, 딸' 등 가족사랑을 그려내었다.

셋째, 고향을 배경으로 한 '대운산 철쭉, 흰 철쭉, 가지산

가을, 신불산 억새, 개망초에게, 선암호수공원' 등을 소재로 한 자연 친화적인 서정성을 노래했다.

넷째, 배영화 시인의 믿음은 종교적 신앙에서 비롯된다. '요단으로 가는 길, 비몽사몽, 본향, 가을 기도, 허덕만 장로님을 기리며, 교회당 물놀이, 형수님께 드리는 팔순 기도문' 등이 그렇다. 그리스도의 사랑이 시심의 기저에 흐른다.

다섯째, 그는 황혼기를 서산의 붉은 노을처럼 아름다운 성찰로서의 회귀본능을 노래했다. 그 가운데 '폐선, 곰 바닷가에서, 귀 파기, 그믐달, 정월 대보름, 남기고 싶은 말' 등이 그렇다. 이런 우주와 천체, 자연의 섭리를 통해 삶을 반추해 보고 성찰하고 신앙을 통해 참회하고 감사하는 것이 바른 삶이란 이정표를 제시한 것이다.

고령화 사회에 배영화 시인께서 창작 열정에 우주와 천체의 기를 받으시어 해를 더할수록 노익장을 기원하며, 청잣빛 경륜의 더 숙성된 시, 영롱한 시를 또다시 기대해 본다.

흑

2024년 11월 20일 1판 1쇄 인쇄
2024년 11월 25일 1판 1쇄 발행
저 자 배영화
발행자 심혁창
마케팅 정기영
디자인 박성덕
인 쇄 김영배
펴낸곳 도서출판 한글

우편 04116
서울특별시 마포구 신촌로 270(아현동)
수창빌딩 903호

☎ 02-363-0301 / FAX 362-8635
E-mail : simsazang@daum.net
창   업 1980. 2. 20.
이전신고 제2018-000182

* 파본은 교환해 드립니다
* 정가 13,000원
*
ISBN 97889-7073-641-9-03810

ULSAN CULTURE & TOURISM FOUNDATION

본 도서는 울산문화관광재단 2024년 예술인 창작
장려금 지원사업으로 지원을 받아 발간되었습니다